Perra Jefa: BDSM dominación femenina

Dominación y sumisión erótica

Erika Sanders

Perra Jefa:
BDSM dominación femenina

Erika Sanders
Serie
Dominación y sumisión erótica

@Erika Sanders, 2024

Imagen de portada: @ AJJ_Pretnicki - Pixabay, 2024

Primera edición: 2024

Sinopsis

Una jefa dominante lleva a su esclavo a profundidades sucias.

Perra Jefa es una historia con fuerte contenido erótico BDSM y, a su vez, también perteneciente a la colección Dominación Erótica, una serie de novelas con alto contenido romántico y erótico BDSM.

(Todos los personajes tienen 18 años o más)

Nota sobre la autora:

Erika Sanders es una escritora de renombre internacional, traducida a más de veinte idiomas, que firma sus escritos más eróticos, alejados de su prosa habitual, con su apellido de soltera.

Índice:

PERRA JEFA
BDSM DOMINACIÓN FEMENINA
ERIKA SANDERS

Era una tarde calurosa y bochornosa de mayo en París y Colette se relajaba en su cómoda silla de oficina tomando un descanso de su trabajo. Ella era propietaria de esta empresa, una empresa decentemente grande, pero se las había arreglado para no dejarla salir a bolsa. Le gustaba el control que ofrecía una empresa privada, el control que tenía sobre su funcionamiento y sus empleados. Había creado la empresa desde cero y prefería mantenerla bajo su control.

Colette era una exitosa mujer de negocios, cuarenta y siete años, alta, hermosa y delgada. Su rostro no mostraba su edad y aunque permaneció soltera, una elección incómoda para una mujer francesa, nunca le faltó la atención masculina cuando lo deseaba. Un hecho posible tanto por su apariencia como por su poderosa posición.

Llamó a su secretaria y le pidió que llamara a la cocina para tomar una taza de café. Había sido un día largo. Iba a ser un día más largo, finalmente se fue a las ocho, pero no antes de notar a Jean sentado en su escritorio, escribiendo furiosamente. No sabía quién era Jean, debía ser un ejecutivo de bajo nivel y no siempre trataba con ellos. Jean notó a Colette y rápidamente se puso de pie y dijo:

"Buenas noches, señora", con sumisión.

Colette notó que Jean era un chico muy guapo, joven, delgado y atlético.

A la mañana siguiente, Colette llamó a Nikita a su oficina. Nikita dirigía el departamento de Jean y era una antigua empleada de Colette. Necesitaba saber más sobre Jean.

"¿Lo has estado escondiendo de mí?" dijo con ira fingida.

"Para nada, Colette, solo le estaba dando algo de tiempo para que se acomodara, Jean ha estado aquí solo un mes".

Una hora después, Jean estaba parado afuera de la oficina de Colette, nervioso e inquieto, sin saber por qué la jefa lo llamó. Momentos después la secretaria de Colette le pidió que pasara, él la saludó acomodándose ansiosamente la corbata.

"Jean, ¿verdad? Ella preguntó, y no esperó una respuesta. "Soy Colette Dupont, la propietaria de esta empresa y su jefa, como bien sabe. A partir de ahora, trabajará muy de cerca conmigo. Quiero que me entregue los informes en mi despacho esta noche a las nueve, asegúrese de hacerlo. ¿comprendido?" Ella dijo con desdén. "Usted puede irse ahora."

Jean no estaba seguro de por qué a él, un empleado tan menor en la empresa, se le pidió que se reuniera con la jefa o lo que fuera que valdrían sus informes, pero no era su posición hacer preguntas. Tenía que seguir órdenes y enviaba sus informes a Recursos Humanos con las instrucciones que le había dado Colette.

La calurosa y bochornosa tarde de mayo de hace dos días era un recuerdo lejano, era un día oscuro y sombrío y la lluvia azotaba las paredes exteriores de vidrio de la oficina del ático de Colette. Jean se encontró de nuevo frente a Colette, sus informes sobre el escritorio de ella, ella hojeándolos. Cogió su teléfono y pidió que la conectaran con Nikita. "Pase a mi oficina, por favor", dijo por teléfono.

"¿Has tenido la oportunidad de ver los informes, Niki?" preguntó Colette.

"Lo he hecho, en realidad."

"¿Y crees que es adecuado para este trabajo?"

"De hecho, no".

Estaban hablando de Jean como si ni siquiera estuviera en la habitación, pero él fue testigo de toda la conversación y su corazón se hundió con cada palabra que dijeron.

"Tengo una mejor opción para ti, Jean", dijo Colette. "¡Te relevo de tus responsabilidades actuales, pero no te despido!"

Jean se sintió ligeramente aliviado al escuchar estas palabras, aunque estaba bastante seguro de que sus informes estaban en orden. Sin embargo, no iba a disputar eso en este momento, por lo que tragó nerviosamente, "gracias, señora".

"Tus nuevas responsabilidades significarían que estarías trabajando conmigo, desde esta oficina. En realidad debajo de mí. Trabajarás desde debajo de esta mesa. Eres un chico hermoso y te estoy ofreciendo el puesto de servirme, ¿entendido?"

Jean estaba estupefacto y no sabía qué decir.

"Por supuesto, no hay obligación, no hay fuerza. Y eres libre de irte con lo que te corresponde. Pero seré honesta contigo, si te vas, me decepcionarás y nadie decepcionará a Colette Dupont. "

Jean no pudo decidirse a aceptar el trabajo humillante que le ofrecieron, renunció. Ahora, seis meses después, estaba desempleado y todas las empresas a las que aplicó tuvieron la misma respuesta; nuestros registros muestran que trabajas para Colette Dupont y que ella no está dispuesta a dejarte ir. Colette Dupont tenía conexiones, eso era obvio. Lo que era más obvio era que Jean sabía adónde ir, si realmente necesitaba un trabajo.

En el frío cortante de un noviembre parisino, Jean esperó fuera de la oficina de Nikita. Este era el tercer día y ya había estado esperando durante una hora. Finalmente, Nikita lo llamó y él le contó su situación. "Eso es lo que obtienes por rechazar a la Sra. Dupont", dijo casualmente. "Es injusto", protestó Jean. Nikita lo miró fijamente. "¡De rodillas y ruega o sal de mi oficina!"

Jean se tragó su orgullo y se arrodilló. Rogó, le rogó a Nikita que le diera otra oportunidad.

Al día siguiente se encontró de nuevo de rodillas, esta vez frente a Nikita y Colette. "No soy una perra, Jean. No destruiré tu vida. Pero tuviste la audacia de rechazarme y por lo tanto serás castigado. Y tu negativa empeoró tu castigo. Así que este es el trato, ya que estás rogando de rodillas por la oportunidad de servirme, tendrás esa oportunidad y te aceptaré como mi más íntimo esclavo y después de un año de humillarte por mí, te liberaré e incluso te daré el trabajo que te mereces. ¡Te dije que no era una perra!"

"¡Ahora desnúdate y adora los pies de tu nueva dueña!" ordenó Nikita.

Jean se metió en el pequeño espacio debajo del escritorio de Colette y esperó su llegada. Esta era su rutina ahora, lo había estado haciendo durante una semana. Totalmente desnudo, bajo el escritorio de su dueña, sirviendo a sus pies y coño. Colette entró y casualmente le arrojó las bragas a la cara. "¡Lámeme hasta el orgasmo y luego chupa mis bragas hasta dejarlas limpias!"

Jean puso su lengua en el coñito peludo de Colette, besó su clítoris para empezar y luego lamió cuidadosamente entre sus pliegues. El coño de Colette olía a orina y sudor, pero no se atrevió a mostrar su disgusto. Pronto su boca se llenó con sus jugos cuando tuvo su primer orgasmo. Ella sostuvo su cabeza con fuerza e indicó que no había terminado. Siguió lamiendo, arriba y abajo de su raja grasienta y entre sus pliegues. Ella ya estaba moliendo en su cara y por orden de ella, él estaba chupando su clítoris. Colette se corrió como una mujer poseída y le llenó la boca con su crema. Traga es todo lo que ella dijo y él hizo. El rostro de Jean estaba cubierto por el semen de Colette y algunos vellos púbicos sueltos. Se le prohibió asearse.

"¿Te gusta lamer mi coño? ¿Te gusta ser mi puta?", se rió Colette.

"¡Lámeme el culo sucio perra!", ordenó Colette.

Jean odiaba esta parte pero sabía el precio de hacerla esperar. Se arrastró sobre sus rodillas y metió la cabeza debajo de su falda. Su culo estaba picante y sucio y él lo estaba besando. Pronto ella estaba abriendo sus nalgas, invitándolo a entrar. Al joven no le quedó más remedio que lamer el culo sudoroso de su dueño jefa. Extendió su lengua a través de su agujero marrón arrugado, probó su mierda matutina que aún colgaba de los pelos de su culo: nunca se lavaba adecuadamente, pero continuó con su repugnante tarea. Después de minutos de lamer, tuvo otro orgasmo y lo apartó de una patada.

Así pasaba sus días y tardes hasta que un mes después Colette le ordenó mudarse con ella. "Serás un esclavo a tiempo completo de ahora en adelante"

Jean ahora era un esclavo de la casa, lo bueno era que rara vez tenía que ir a la oficina de Colette y podía pasar un tiempo solo en la lujosa casa de Colette después de sus tareas diarias, mientras Colette estaba en la oficina. Cocinó, limpió y atendió las necesidades más íntimas de Colette, pero no podía esperar a que terminara el año y que volviera a ser libre.

Una noche, Colette no llegó a la hora habitual, pero él se quedó junto a la puerta, desnudo, para darle la bienvenida a su casa como solía hacer. Eventualmente escuchó pasos y la llave giró. Colette entró con otro hombre, borracho y risueño. Vio a su esclavo desnudo y lo pateó mientras se acomodaban en el sofá.

"Quítale los zapatos y los calcetines. Lustra sus zapatos hasta que uno de nosotros te pida que te detengas". ordenó Colette mientras desaparecían en el dormitorio.

Jean se sentó allí, humillado, lustrando los zapatos de un extraño hasta que media hora después salió, le ordenó bruscamente a Jean que se pusiera los zapatos recién lustrados y que fuera a atender a su amante.

Jean hizo lo que le dijeron, se puso los calcetines y los zapatos y luego se fue al dormitorio para atender a Colette.

"Aquí, puta", gritó Colette desde el baño.

Estaba sentada en el inodoro, desnuda, con semen goteando de su coño.

"Lámeme el coño y límpialo del semen de este hombre mientras cago. Me folló el culo muy bien con su enorme polla".

Colette se tiró un pedo cuando Jean puso su lengua en su enorme agujero usado, probó el espeso semen blanco. Era salado y repugnante, mezclado con sus jugos y sudor, pero pronto esa fue la menor de sus preocupaciones.

Colette expulsó un tronco enorme y el chapoteo le golpeó la barbilla, pero ella mantuvo su cabeza en su lugar. Jean estaba limpiando a su amante del semen de otro hombre mientras ella cagaba y se tiraba pedos. Pronto ella estaba meando directamente en su boca, una mezcla de orina y semen. "¡Bébete hasta la última gota, cabrón!" Colette tuvo un orgasmo.

El poder sobre su desafortunado esclavo fue suficiente para llevarla al límite. Jean estaba disgustado más allá de sus límites, pero no tenía elección. Jean había probado la orina de Colette en su coño sin lavar, pero nunca antes la había bebido y se dio cuenta de que esta noche, ¡la bestia había surgido en Colette!

Había más primicias por venir. Colette le hizo lamerle el culo hasta dejarlo limpio. Jean probó su culo sucio, probó su caca fresca y caliente y algo en él cambió. Le comió con pasión su trasero, perdido en sus pensamientos, Jean finalmente se había entregado a su amante. Mientras tanto, Colette estaba perdida en su viaje de poder, encontró una correa y encadenó a Jean al inodoro. ¡Encontró su cinturón y le ordenó a Jean que comiera su mierda fresca y caliente, allí mismo, mientras ella le azotaba el culo y se toqueteaba hasta otro orgasmo alucinante!

Encadenado, permaneció en el inodoro durante la noche, cubierto con la mierda de su amante, con el culo en carne viva mientras Colette se acercaba a su cama y llamaba a Nikita para informarle de los acontecimientos. ¡Por fin había dominado a su esclavo!

FIN

INSATISFECHA
ERIKA SANDERS

21

Es una mañana fresca.

Tengo que ir al trabajo, pero no tengo ganas de levantarme.

Acostada aquí, pienso en amarte.

Puedo ver tus ojos mirándome, sonriéndome.

Ya puedo sentir el calor acumulándose en mi entrepierna.

Deslizo mi mano suavemente sobre mis senos como si tus ojos la siguieran.

Mis pezones responden de inmediato, endureciéndose.

Levanto el seno para chupar un pezón suavemente en mi boca.

Siento tus labios cerrarse alrededor del otro pezón y un gemido profundo escapa de mis labios.

Siento el jugo cuando comienza a deslizarse hacia abajo desde el interior de mi coño.

Muevo mis manos alrededor de mi estómago y luego hacia mi abdomen, imaginando tus manos tocándome.

Lentamente deslizo mi dedo medio en la humedad y el calor.

Aprieto mi dedo como si tu polla estuviera enterrada en lo más profundo de mí.

Deslizando mi dedo dentro y fuera, mis caderas comienzan a moverse en un movimiento circular.

Siento a mi dedo queriendo más de la sensación que se está creando.

La palma de mi mano ha atrapado el jugo que ahora sale de mi coño.

Lamo el dulce sabor de mi palma y deslizo mi largo dedo en mi boca imaginando que es tu deliciosa polla.

Lentamente rodeo la punta de mi dedo con la lengua como si fuera la cabeza de tu polla.

Muevo mi lengua a lo largo de mi dedo, girando todo alrededor para atrapar cada pedazo de jugo.

Cierro los labios con fuerza en la base de mi dedo y deslizo mi boca hasta la punta y empiezo a trabajar con mi lengua alrededor de la parte superior de mi dedo.

¿A qué te imaginas que tu polla está enterrada en mi boca?

Observando cómo mi cabeza se mueve hacia arriba y hacia abajo, succionándote profundamente en mi garganta con los músculos de mi boca trabajando.

Te estoy chupando la polla y puedes sentir mi lengua y mi boca chuparte igual que yo siento como si hubieras chupado mis pezones.

Mi lengua se mueve por todos lados, mis labios húmedos moviéndose constantemente con la necesidad de chuparte más fuerte, más rápido, y más profundo.

Estoy muy excitada ante la idea de sentirte enterrado en mí.

Tomo mi dedo y lo deslizo nuevamente dentro de mi coño, asegurándome de que esté empapado.

Saco mi dedo y lo froto por toda mi raja y lo sumerjo nuevamente para obtener más humedad.

Esta vez froto también mi apretadito agujero trasero.

Lentamente deslizo un dedo dentro y el orgasmo es inmediato.

Me encantaría que me follaras con los dedos y la polla al mismo tiempo.

Me encanta la idea de ser llenada por ti.

Ruedo sobre mi estómago y comienzo a trabajar mi clítoris con ambas manos.

Moviendo mis manos hacia mi estómago, presionando firmemente sobre mi dulce montículo.

Me follo con las manos hasta que siento que esa sensación comienza.

La sensación comienza en el fondo y me hace apretar mientras me voy a correr de nuevo.

Muevo mis caderas más rápido, mis pies se encogen por la necesidad de explotar adentro mientras me follo con los dedos.

Un gemido largo, profundo y gutural se escapa cuando llego al clímax completamente y exploto.

Agotada, me acuesto de espaldas, pienso en lo que acabo de experimentar y me encuentro excitada de nuevo.

Me sigo preguntando "¿qué es este hechizo que tienes sobre mí"?

Ningún hombre me ha excitado tanto como tú.

Te veo en mi mente, el hombre cariñoso y sexy que eres.

Puedo sentir tus suaves y dulces labios sobre los míos.

La forma en que tu lengua sedosa esboza mis labios y el suave mordisco de tus dientes.

La forma en que tu lengua se desliza profundamente en mi boca y prueba el hambre que tengo para ti.

La forma en que tu lengua rodea la mía y el dulce intercambio de tu saliva se mezclan con la mía.

Puedo sentir tu boca caliente mientras se mueve hacia mi oído y el calor de la punta de tu lengua cuando se lanza rápidamente dentro.

El suave susurro de mi nombre trae una oleada de esperma justo dentro de mi dulce coño y tu boca se mueve hacia mis pezones duros y erectos.

Lentamente, tu lengua rodea mi pezón izquierdo y soplas tan suavemente.

Cierras la boca sobre mi dureza reactiva y gimo.

Mi mano derecha comienza a deslizarse sobre mis pezones y levanto el seno izquierdo hacia mi boca para chupar suavemente el pezón, imitando cómo se sentiría tu boca.

Lentamente, mis dedos se deslizan sobre mis costillas hacia mi abdomen y los dedos largos y delgados de mi mano llegan a mi dulce clítoris.

Suavemente, las puntas rozan el botón y mi dedo medio se desliza dentro hasta el primer nudillo para sentir la humedad que se ha acumulado allí.

Deslizo el dedo profundamente para liberar tu semen y atrapar el jugo de miel en la palma de mi mano.

Lamo el jugo de mi palma, saboreando el sabor y el olor del sexo.

Deslizo mi dedo medio, justo hasta el primer nudillo, en mi boca, imaginando que es la cabeza de tu polla.

Lentamente, mi lengua da vueltas, de nuevo probando el jugo y sé que es tu leche preseminal lo que estoy saboreando en mi lengua.

Mi boca caliente y húmeda se desliza por mi dedo, como si fuera tu miembro caliente e hinchado.

Mi boca se cierra completamente y se desliza hacia arriba hasta la punta mientras mi boca apretada chupa solo la cabeza imaginada de tu polla sedosa.

A medida que cojo el ritmo de follar mi dedo en mi boca, casi puedo sentir la tensión en tus bolas cuando el semen comienza a elevarse.

En este mismo pensamiento, siento que la humedad se desliza fuera de mi coño y sé que tengo que follarme.

Ruedo rápidamente sobre mi estómago, mis manos buscan mi coño.

Los presiono con fuerza contra mi montículo, las yemas de los dedos encuentran mi clítoris.

Mis caderas comienzan a girar lentamente, dando vueltas y vueltas a medida que mis músculos de pies y piernas comienzan a tensarse y mis dedos trabajan mi dulce coño.

Te veo entrar por detrás y me imagino tu polla, empapada con mis jugos y brillando en la humedad mientras se desliza dentro y fuera de mi coño.

Oh, joder, estoy tan jodidamente excitada mientras mis dedos y palmas presionan fuerte ... lo más duro que pueden mientras llego al clímax.

Mis pies y piernas están apretados, mi cuerpo se estremece por la intensidad.

Me giro sobre mi espalda imaginando tu dulce y palpitante polla dentro de mi coño sediento de semen.

Los músculos de mi coño continúan apretándose como si estuvieran chupando el semen de tu polla.

Y entonces sí, casi puedo sentir esa lengua caliente tuya mientras se desliza hacia arriba y hacia abajo por mi raja.

Tu boca se cierra sobre los labios de mi coño y el rápido movimiento de tu lengua que me hace correrme en tu boca.

Y te levantas, a horcajadas sobre mi cuerpo y deslizas tu polla empapada de esperma en mi boca.

Saboreo el sabor de nuestros jugos mezclados mientras chupo y lamo limpiamente.

Me desplomo sobre la cama, mi cuerpo todavía tiembla y hormiguea.

Qué sentimiento tan maravilloso haces que sienta contigo.

FIN

27

AUMENTO DE SUELDO
ERIKA SANDERS

Anita llamó a la puerta como si no quisiera romperla.

Esto no tenía sentido, ya que ella era la única persona que quedaba en la tienda de donas.

Ella y la persona al otro lado de la puerta, eso es.

"Adelante", sonó la voz de esa persona.

Anita abrió la puerta y entró, cerrándola detrás de ella.

El clic de la cerradura cuando la presionó con el pomo de la puerta le pareció ensordecedor en la tranquila oficina.

Eric Galvez levantó la vista del papeleo sobre su escritorio.

Miró a Anita, una morena y linda empleada mexicana que vestía el uniforma estilo escolar de la tienda, una camisa blanca abotonada y una falda corta a cuadros, sosteniendo una bolsa de donas.

Tenía un cuerpo impecable y un cabello moreno grueso y en capas que no llegaba a sus hombros.

"Hola, Anita", dijo Eric.

El gerente de la tienda, casado con dos hijos y en sus cuarentas, dejó la pluma y sonrió.

"Hola. Lo siento si interrumpí algo", dijo ella tímidamente.

"Por supuesto que no", le aseguró Eric. "Toma asiento".

La pequeña oficina del gerente consistía en un sofá, dos sillas, un escritorio y archivadores.

Eric vio a Anita caminar hacia él, su falda moviéndose de un lado a otro.

Se sentó en la silla frente al escritorio de Eric, cruzó sus largas piernas y dejó que la falda le llegara hasta los muslos.

Colocó la bolsa en el suelo junto a ella.

"¿Qué ocurre?", Le preguntó el gerente.

Anita dudó, respiró hondo y pasó lentamente los dedos de una mano sobre su pierna superior, desde la parte inferior de la falda hasta la rodilla.

"Estoy pensando en mudarme de la habitación rentada a un departamento", dijo.

Ella era una estudiante de tercer año en una universidad local, trabajando en varios empleos en lugares cuyas horas no interferían con sus clases.

"Genial", dijo Eric con entusiasmo, luego se detuvo. "¿Y necesitas más dinero? ¿Un aumento?".

Anita lo miró tímidamente, antes de que una mirada más seria apareciera en su rostro.

"No puedo creer cuánto piden por rentar. Y el pago inicial es ... ", comenzó a decir.

"Lo sé", interrumpió Eric.

Él la miró por un momento.

Ella había trabajado para él durante casi un año, pidiendo un aumento en otra ocasión.

En ese caso, ella había usado su cuerpo para "influir" en su decisión.

En realidad, él había deseado otra solicitud de ella desde entonces.

Eric miró la bolsa de donas a su lado.

"¿Te llevarás unas donas a casa?", Preguntó.

Los ojos de Anita se posaron en la bolsa y volvieron a su jefe.

"No. Es para ti ... para nosotros ", respondió ella.

Eric ya no necesitaba más explicaciones.

También había traído una bolsa la última vez.

Y esta vez él sabía lo qué hacer.

Se puso de pie y rodeó el escritorio, moviéndose detrás de la silla de Anita.

Ella observó su cuerpo atlético hasta que desapareció detrás de ella.

Un escalofrío le recorrió la espalda por la anticipación.

"Entonces, me trajiste una rosquilla", dijo Eric suavemente. "Y te gustaría compartir".

Anita asintió en silencio.

Eric miró a la joven, con la camisa desabrochada en la parte superior y las piernas bronceadas extendiéndose por debajo de su falda acampanada.

Sus manos se aferraron nerviosamente a los extremos de los brazos en la silla.

Eric puso su mano sobre el cabello de la muchacha y le pasó los dedos por el cuello.

Sintió la piel cálida debajo del cuello de su camisa, luego movió su mano hacia la parte delantera de su cuello antes de acercarse al botón superior.

En un movimiento ágil, le desabrochó el botón; seguido por el siguiente.

La parte superior de sus senos apareció a la vista, encerrados en un delgado sujetador azul.

Sus dedos se deslizaron sobre la suave piel de su seno izquierdo, y luego regresaron al siguiente botón.

Usando ambas manos, rodeándole el cuello y abrió cada botón hasta llegar a la parte superior de su falda.

Eric sacó la camisa de su falda y abrió el último botón.

La camisa de Anita se abrió lo suficiente como para que Eric viera la mayor parte de cada seno desde arriba.

Los vio levantarse y caer mientras ella respiraba agitada.

Un gancho central entre sus senos mantenía su sostén unido.

No era casualidad esto, pensó Eric para sí mismo.

Él se agachó y desabrochó el sujetador, dejando que las dos mitades descansaran libremente en los extremos de sus senos.

Anita continuó sentada inmóvil, mirando las manos de Eric o de frente.

Ella sabía que las cosas estaban a punto de cambiar rápidamente.

Eric puso sus manos sobre la parte superior de sus senos y los dejó caer hasta que sus dedos le quitaron el sujetador.

Ahuecó los morenos pechos desnudos en sus manos, sosteniéndolos suavemente por un momento.

Finalmente, puso los pezones de Anita entre sus pulgares e índices y los pellizcó tiernamente.

La joven suspiró audiblemente.

Eric sintió que su polla se endurecía dentro de los límites de sus pantalones mientras manipulaba los pezones.

Éstos se endurecieron bajo su toque y Anita sintió una excitada punzada viajar a través de su estómago hasta su coñito.

Eric envolvió sus manos alrededor de sus senos, pero apenas pudo llenarlos en su agarre.

Los levantó y observó cómo se acomodaban en sus palmas.

Rodeó la silla y se paró entre el escritorio y Anita, mirándola brevemente.

"Levántate y quítate la camisa", le dijo con voz tranquila.

Anita descruzó las piernas y se paró a pocos centímetros de su jefe.

Levantó la camisa sobre sus hombros y la dejó caer sobre la silla.

Sin detenerse, ella hizo lo mismo con su sostén.

Eric puso sus manos en la parte exterior de los muslos de Anita y levantó las manos hasta que desaparecieron debajo de su pequeña falda.

Anita sintió que las manos se alzaban sobre el exterior de sus bragas y sobre su trasero.

Entonces Eric movió las manos hacia su cintura y agarró la tira de las bragas.

Lentamente, él las bajó, arrodillándose cuando pasaron por sus rodillas y sobre sus pies.

Colocó las bragas negras en la silla y le quitó los zapatos.

Después de levantarse, miró su falda y dijo:

"Quítatela".

Anita desabrochó la falda y la dejó caer al suelo, saliendo y pateándola a un lado.

Eric admiraba su cintura pequeña, las caderas y muslos llenos, las piernas largas y los pies pequeños.

Sus ojos volvieron a su coño y al pequeño y delgado mechón de cabello oscuro sobre el clítoris.

Anita se sintió extraordinariamente sexy en ese momento, la humedad entre sus piernas aumentaba por segundos.

Quería al hombre delante de ella desnudo y ella sabía que era inevitable.

"Quítame la ropa", él le dijo.

Tuvo que frenar deliberadamente sus movimientos para no revelar su deseo.

Sin embargo, Anita no tardó en ponerle la camisa a Eric sobre su cabeza, revelando una parte superior del cuerpo bien construida, si no demasiado musculosa.

Ella miró hacia abajo y desabrochó su cinturón, con los ojos de Eric alternando entre sus senos y manos.

Ella le desabrochó los pantalones y los bajó hasta que cayeron solos sobre sus pantorrillas.

Anita se arrodilló y le quitó los zapatos y los calcetines antes de sacarle los pantalones y tirarlos a un lado.

Miró hacia adelante al bulto cada vez mayor en sus boxers, luego agarró la pretina y tiró de ellos hacia abajo.

La enorme polla de Eric estaba solo semi erecta, pero Anita sintió una ola de emoción fluir sobre ella mientras le quitaba los boxers.

Ella se levantó y se enfrentó a su jefe.

Para alivio de Anita, él hizo el primer movimiento al abrazarla y atraerla hacia él.

La besó apasionadamente, presionando su polla contra su cuerpo y moviendo sus manos hacia su trasero.

Eric apretó sus suaves mejillas cuando sus lenguas se encontraron entre sus labios.

Anita sintió que apretaba su coño contra su cuerpo, sin estar segura de si estaba más decidida a satisfacerse a sí misma o a Eric.

Su beso continuó mientras ella envolvía una mano alrededor de su polla, sintiéndola palpitar.

La polla comenzaba a apuntar hacia arriba y la chica bombeaba su mano repetidamente hacia arriba y hacia abajo del miembro.

Cuando terminó el beso, Eric miró a Anita y dijo:

"Mi esposa no me hace eso. Lo haces de maravilla".

"Gracias, me alegro te guste", sonrió.

"Tengo hambre" Dijo Eric.

"Yo también".

Se movieron hacia el sofá.

Eric agarró la bolsa de donas en el camino.

Encontró tiempo para ver cómo el pequeño y redondo trasero de Anita rebotaba con sus pasos antes de acostarse en el sofá, con la cabeza sobre una almohada pequeña en un extremo.

Eric metió la mano dentro de la bolsa y sacó una rosquilla y un pequeño cuchillo de plástico.

"Ah, rellenos de crema de vainilla. Mis favoritos", dijo. "¿Te gustaría compartir?"

"Me encantaría", respondió Anita.

Eric se arrodilló y colocó la rosquilla cubierta de chocolate en el estómago plano de la chica, cortándola cuidadosamente por la mitad con el cuchillo.

Un escalofrío recorrió el cuerpo de Anita cuando el cuchillo apenas rozó su piel.

Eric la vio contraerse cuando la hoja del cuchillo reapareció desde el interior de la rosquilla gruesa, luego colocó el cuchillo y la mitad de la rosquilla encima de la bolsa en el suelo.

Él levantó la rosquilla de su vientre y giró el centro lleno de crema hacia ella.

Metódicamente, la bajó hasta que el pezón de su seno derecho estuvo directamente debajo de la crema.

Con un golpe largo y suave, llevó una capa de crema de vainilla sobre el extremo de su seno.

Anita cerró los ojos cuando el frío relleno cubrió su pezón y la piel circundante, enviando ondas a través de su cuerpo hacia su estómago y su coño.

Eric movió la dona ligeramente hacia un lado y repitió el proceso, agregando una segunda cinta de crema adyacente a la primera.

Finalmente, le dio la vuelta a la rosquilla y frotó la cubierta de chocolate sobre la punta de su pezón rígido.

Eric colocó la dona en la bolsa y miró a Anita.

Estaba observando atentamente, anticipando su próximo movimiento y rogándole en silencio que la devorara.

Eric movió la cabeza sobre su pecho y pasó la lengua por su pezón, saboreando el chocolate dulce.

Anita casi gimió en voz alta, pero se contuvo y observó cómo la lengua de su jefe alargaba su camino para incluir una pulgada por encima y por debajo del pezón.

Tragó una vez antes de regresar al seno, esta vez abriendo mucho la boca y colocando la mayor parte del seno redondo y lleno de la chica como fuera posible.

Su lengua raspó el pezón varias veces antes de que sus labios se cerraran alrededor de la carne rosada y la chuparan.

Esta vez, Anita no pudo contenerse.

"Oh, Dios", susurró.

Eric levantó la cabeza y se lamió la crema de los labios.

Cuando su boca aterrizó una vez más en el seno de Anita, su mano estaba empujando el seno hacia arriba y lamió con hambre el resto de la crema de vainilla de su piel.

Siempre volvía al pezón.

Anita arqueó la espalda, empujando el pecho más alto.

Sintió que la humedad entre sus piernas aumentaba con cada paso de su lengua sobre su pezón y estaba segura de que él podría hacerla correrse si la mantenía así.

Estiró la mano hacia la dona nuevamente, esta vez extendiendo el relleno blanco y el chocolate sobre su pecho izquierdo en mayor cantidad.

La crema cubría casi dos tercios del pecho, dejando a Eric con una media dona casi hueca en la mano.

Después de volver a colocar la rosquilla en la bolsa, se inclinó sobre el cuerpo de Anita y procedió a exponer meticulosamente su seno una lamida a la vez.

La chica movió su mano hacia la parte superior de la cabeza de Eric y la presionó con más fuerza contra su pecho.

Mientras tanto, su mano se movió desde su cadera hasta entre sus piernas, acariciando momentáneamente el clítoris enterrado debajo de un mechón de cabello castaño oscuro cuidadosamente cortado.

"Oh, Jesús", dijo en voz baja. "Eso se siente tan bien".

Con solo una pequeña cantidad de crema de vainilla en su pecho, Eric se subió al sofá, colocando sus piernas entre las suyas.

Su polla estaba completamente erecta ahora, apuntando hacia arriba en un ángulo agudo.

Se inclinó hacia adelante y colocó la polla sobre el pecho cubierto de crema, moviéndolo de un lado a otro hasta que tuviera una pequeña capa del relleno blanco.

Anita usó su mano para dirigir la polla a las áreas con más crema.

Pronto, era blanca desde la cabeza rosada hasta la base.

Anita vio como Eric se deslizaba hacia adelante y llevaba la polla a sus labios.

Ansiosamente, abrió la boca y aceptó el regalo.

El sabor azucarado de la crema casi la hizo olvidar el amor que sentía por el sabor de una polla caliente y dura.

Su lengua trabajaba todos los lados del miembro mientras Eric la deslizaba dentro y fuera de su boca, haciéndole gemir de placer.

"Ummmm, Anita. Chúpame Lámeme así", dijo Eric. "Sí, sí. Como eso."

La chica tardó unos minutos en sacar la última crema de la polla; chupando, lamiendo y tragando tan rápido como pudo.

Cuando terminó, Eric estaba más duro de lo que había estado antes y estaba cerca del clímax.

"Fóllame, Eric", exclamó Anita en voz alta. "Te quiero en mí. Por favor."

Cuando su jefe bajó del sofá, Anita abrió las piernas y levantó las rodillas.

Cuando tuvo su polla en la entrada de su coño, su mano estaba en posición lista para guiarlo hacia ella.

Incluso ella estaba sorprendida de lo preparada que estaba para él.

Tan pronto como la cabeza del pene hinchado encontró la abertura, Eric pudo bajarse hasta que sus muslos se encontraron en una suave palmada.

"Dios sí. Jódeme —dijo Anita.

Eric no tardó en cumplir con sus demandas.

Él la levantó por el culo y comenzó a deslizar su polla dentro y fuera, sintiendo que ella contraía su vagina periódicamente.

Anita levantó las piernas y suavemente las envolvió alrededor de la cintura de Eric, permitiéndole levantarla aún más.

Los senos de Anita se balanceaban rítmicamente.

Pellizcaba los pezones ocasionalmente, enviando lo que parecían corrientes eléctricas directamente a su coño.

Mientras tanto, Eric se reposicionó para que una mano libre pudiera masajear su clítoris.

Encontró la protuberancia inflada fácilmente y la frotó.

La cabeza de la chica comenzó a balancearse de un lado a otro y murmurando:

«Joder. Mierda. Si ahí. ¡Ahí!"

Eric le frotó más fuerte y sintió que su cuerpo se tensaba.

Sus piernas lo apretaron con fuerza y ella gritó: "Ahhhh. Oh, Dios. Ahora."

Su orgasmo comenzó con otro gemido ahogado y sus caderas se sacudieron hacia arriba para encontrar sus empujes hacia abajo.

Durante al menos treinta segundos, Eric la penetró una y otra vez, mientras ella gemía y gritaba que la follara.

Eric quería que la sensación de su apretado coño alrededor de su polla y su cuerpo retorciéndose debajo de él durara para siempre.

Él se aferró a su trasero mientras ella lentamente comenzó a acomodarse en el sofá.

Ahora capaz de concentrarse en su propio cuerpo, Eric sintió que la primera oleada de esperma se levantaba de sus bolas.

Anita sintió el orgasmo que se aproximaba en él y lo instó a seguir.

"Eso es. Vamos Córrete en mi coño".

La polla de Eric explotó en una inundación de esperma que Anita sintió llenando sus entrañas.

El fluido cálido salió disparado en varios chorros, cada uno acompañado de un fuerte gemido.

Eric agarró a Anita por la parte inferior de los hombros y apretó su cuerpo contra el suyo.

Cuando estuvo a punto de terminar y se quedó quieto con su polla profundamente dentro de ella, Anita apretó su coño con fuerza.

"Ahhh, joder. Detente" murmuró Eric, casi sin aliento y medio riéndose.

Se sacudió por última vez y se cayó de ella, flácido y totalmente agotado.

Él yacía en sus brazos, su cabeza sobre su pecho y sus piernas todavía envueltas alrededor de su cintura.

"Todo lo que tienes que hacer es pedirlo cuando quieras", dijo Eric suavemente, su dedo trazando el contorno de su pezón.

"Es que hoy tenía hambre", dijo ella.

FIN

SITUACIÓN INESPERADA
ERIKA SANDERS

43

CAPÍTULO I

"Te estaré esperando en la habitación, ponte algo revelador", le había dicho John.

Le trataban como si fuera comida para llevar, pensó Gina cuando terminó la llamada.

Y así es como se sentía ahora, mientras se aplicaba el maquillaje en el espejo del tocador: ojos ensombreados, labios rojos en forma de corazón, y el suficiente maquillaje en la cara como para no hacerla parecer una figura de un museo de cera.

¿Algo más que desee en su pedido, cariño?

Satisfecha con su trabajo, caminó descalza por la alfombra del dormitorio, solo vestida con el sujetador y las bragas, y abrió el armario.

De un estante por encima de donde estaba su ropa sacó una pequeña caja con dinero y se la llevó a la cama.

Cuando ella la abrió, cayeron sobre las sábanas de seda muchos billetes de diez y de veinte.

Gina contó cuatro de veinte y guardó los demás dentro de la caja.

Volvió a colocar la caja en el armario, metió el dinero en su bolso y comenzó a vestirse.

John vivía al otro lado de la ciudad en una lujosa casa unifamiliar de cinco dormitorios cerca del canal.

Le llevaría diez minutos conducir allí, dependiendo del tráfico de la tarde.

Él era un cliente relativamente nuevo de ella al que había atendido seis veces hasta ahora.

Ella lo odiaba.

Era arrogante, rudo y completamente pervertido.

Era de ascendencia italiana: color de piel oliváceo, una nariz grande y lleno de grueso pelo negro todo él.

A John le encantaba comer y Gina pensaba que parecía una mezcla entre un gángster de los años cuarenta y un cerdo barrigón.

Él se había jactado de los vínculos que tenía con el inframundo criminal, pero Gina no estaba segura de cuánto de lo que decía era verdad.

Ella pensaba que él solo estaba tratando de impresionarla.

Ella no podía entender por qué los hombres pensaban que esto era atractivo para las chicas.

Gina odiaba la violencia y apagaba una película a la primera señal de sangre o violencia.

Pero John definitivamente estaba en algún tipo de negocios poco confiables.

Ella había visto armas en su casa.

Había escuchado llamadas telefónicas acaloradas durante su relación sexual que John se negó a ignorar.

Hablando de dinero y drogas.

Ella encontró a hombres aborrecibles como John: codiciosos, egoístas, deshonestos y corruptos.

Sin embargo, ella necesitaba demasiado el dinero.

La vida de Gina estaba llena de deudas.

Un curso universitario de humanidades, el mini Fiat, que conducía a su trabajo de secretaria todos los días, comprar ropa, vacaciones en Ibiza y un préstamo que había sacado para amueblar su departamento.

Ella estaba nadando en deudas, pero las compañías de préstamos nunca le habían negado ninguno.

Y era por eso por lo que había estado trabajando como acompañante privada durante el último año.

Privada era la palabra clave.

No tenía publicidad en línea, demasiado temerosa de que su familia o amigos descubrieran su sórdido secreto.

Si no que ella dependía del boca a boca y de sus clientes habituales, tipos como John.

El primer hombre que le pagó por tener relaciones sexuales con ella se llamaba Peter.

Lo conoció en un sitio de citas después de su ruptura con Adams, pero supo instantáneamente que no era para ella.

No era el hecho de que tenía unos cuarenta y era quince años mayor que ella.

En realidad, esa era la razón por la que lo había conocido en primer lugar, pensando que un hombre mayor podría darle lo que Adams, un muchacho de veinticuatro años, no había podido.

Compromiso, seguridad, nuevas experiencias sexuales tal vez.

Ella simplemente no sentía ninguna conexión con Peter, y lo supo en una hora después de su primera cita, la cena para dos en un restaurante indio en la parte más agradable de la ciudad.

Ella se despidió y le agradeció una deliciosa comida, pensando que sería la última vez que lo vería.

Pero Peter estaba más interesado en ella de lo que inicialmente había pensado.

Él la contactó dos días después con una oferta para pagarle por sexo.

Gina se sorprendió al principio, incluso se sintió ofendida.

Con su bronceado profundo, cabello rubio teñido y su inclinación por la ropa reveladora, sabía que daba una cierta impresión atractiva.

Pero eso no la convertiría en una zorra, ni en alguien que abriera sus piernas ante la primera señal de problemas financieros.

Ella ciertamente había conocido chicas que sí lo harían.

Pero Peter parecía ser un tipo tan agradable, y cuanto más Gina pensaba en su deuda, comenzó a preguntarse que qué daño había en aceptar la oferta. Habría un beneficio mutuo.

Peter la poseería y ella obtendría el dinero que necesitaba desesperadamente.

Si nadie acaba lastimado, realmente, ¿cuál era el problema?

Gina era una ingenua, sin embargo.

Nunca previó cuán adictiva podía ser el sexo pagado, ni cuán miserable y barata la haría sentir.

Para empeorar las cosas, Peter no era el caballero que ella primero había pensado que era.

Pronto se corrió la voz de que ella era buena en sus servicios y solo podía haber sido esto porque él lo difundiera directamente.

Las ofertas de todo tipo, a través del sitio de citas en el que había conocido a Peter, llenaron su buzón.

No podía creer cuántos hombres mayores había que buscaran mujeres más jóvenes para tener relaciones sexuales, y cuántos estaban dispuestos a pagar por ello.

Había sido muy lucrativo para ella y pronto aprendió que podía ganar más dinero si estaba dispuesta a ampliar sus límites un poco más.

Los hombres pagaban más por cosas como anal, dominación, lluvia dorada y varios tipos de juegos de rol.

Gina había invertido en uniformes de colegiala, lencería sexy y látigos. Había comido todo lo que le sugirieron, y se metió toda clase de objetos dentro de ella e incluso había fingido amamantar a un hombre de cincuenta años vestido con un pañal.

Por supuesto, John, con su dinero, había disfrutado de todos los servicios disponibles.

Desde prostitutas de clase alta hasta estrellas porno e incluso modelos de página tres.

Era una obsesión que rayaba en la adicción.

Parecía que todas las chicas jóvenes y hermosas estaban dispuestas a vender sus atributos mientras aún los tuvieran deseables.

Era trágico.

Entonces, no fue una sorpresa, que luego de enterarse por un amigo, John contactara con Gina.

Y esta noche iba a ser su quinta vez juntos.

Gina miró su reloj y se arregló su ropa en el espejo del pasillo. "Todo habrá terminado en un año, niña", se recordó a sí misma.

'Puedes hacerlo.'
Luego agarró sus llaves y salió por la puerta.

CAPÍTULO II

Diez minutos después, se detuvo en Midesting Road.

Eran poco más de las diez y media y una fiesta en la piscina en una de las otras casas estaba en pleno apogeo.

Condujo a través de las puertas de hierro forjado de la casa de John y estacionó el Fiat en el camino.

La luna brillaba en el techo del Mercedes plateado de John mientras oía el sonido de sus tacones crujir por la grava e iba hacia el lateral de la casa.

John le había dicho que entrara por la entrada trasera.

Esta noche van a jugar un juego de rol.

Él va a estar acostado en la cama y ella va a entrar, como una ladrona, y sorprenderlo.

A John le encantaba mezclar las cosas.

Ella nunca había conocido a un hombre tan sexualmente imaginativo.

Se detuvo a mitad de camino por el costado de la casa y miró hacia arriba y hacia abajo por el callejón.

Estaba segura de que nadie la vería allí, pero quería asegurarse por las dudas.

Se bajó las bragas, deslizándolas por los talones, y luego se arregló la falda.

Ella metió las bragas dentro de su bolso.

Encaje rojo, el favorito de John.

Luego se tambaleó sobre sus tacones por el camino y abrió la puerta que daba al jardín trasero.

Una papelera metálica resonó cuando accidentalmente la pateó con la punta de su tacón afilado.

'¡Estúpida!' Se amonestó a sí misma.

La luz de la cocina estaba encendida y la puerta del patio que daba hacia ella estaba entreabierta.

John debe haberla dejado abierta para ella.

Gina se echó el pelo hacia atrás, continuó con su sensual caminata y entró a la casa.

Percibió olor a quemado al entrar en la cocina y cerró la puerta.

Probablemente era uno de los cigarros que a John le gustaba fumar.

Él era un gángster tan fumador.

La casa estaba silenciosa.

John debe estar esperándola en la cama como le había dicho.

Gina caminó a través del comedor amueblado de forma muy concienzuda, todos los muebles modernos y de madera con un tono de color rojo oscuro, y salió al pasillo.

Ella miró hacia la escalera de caracol.

"John", dijo burlonamente. '¿Estás listo o no?'

Sus tacones resonaron en los peldaños pulidos mientras subía las escaleras.

Cuando giró hacia el pasillo, vio la puerta del dormitorio de John abierta.

La luz estaba encendida pero aún no hacía ningún ruido.

Entonces escuchó un crujido.

'¿John?'

El bastardo gordo probablemente estaba sentado en su trono en el baño en suite.

Gina se alisó su cabello, se bajó el escote y entró en la habitación.

Todo pareció detenerse en ese momento.

Todo el cuerpo de Gina se congeló.

Acostado en la cama, completamente desnudo y mirando al techo, estaba John, con un charco de sangre empapando las sábanas a su alrededor y con la garganta cortada.

Gina soltó un grito.

Una figura oscura salió de detrás de la puerta y la agarró, pasándole un brazo alrededor del cuello y poniéndole la mano en la boca.

'No hagas ningún ruido o a ti también te cortaré el tuyo', dijo.

Gina sintió la punta fría y afilada de un cuchillo en el cuello.

'¿Quién eres?' ella gimió.

'Alguien a quien no te gustaría joder'

El hombre le apretó el cuello con más fuerza con su musculoso antebrazo.

'¿Qué estás haciendo aquí?'

'Vine a ver a John'.

'¿Para qué?'

'Él me pidió que lo hiciera'.

'¿Por qué?' exigió el hombre.

'Solo para verlo'.

Él aplastó la tráquea de Gina con su brazo, haciendo que se atragantara.

'¿Por qué?' gritó.

'Para tener sexo', Gina se las arregló para balbucear.

Ella comenzó a toser cuando el hombre alivió la presión alrededor de su cuello.

'¿Eres una prostituta?' él dijo.

'No!'

'¿Entonces qué?'

'Una acompañante'.

"Es lo mismo", dijo el hombre.

Gina no dijo nada, demasiado temerosa de que el hombre pudiera romperle el cuello o apuñalarla si lo contrariaba.

"Parece que tenemos un problema", dijo.

Se giró hacia el cuerpo sin vida de John, manteniendo a Gina firmemente sujeta entre su brazo y su pecho.

Gina sintió que iba a enfermarse al ver tanta sangre.

"Ahora eres testigo de un asesinato".

'Por favor', suplicó Gina.

'No se lo diré a nadie. Solo déjame ir.'

CAPÍTULO III

Del hombre surgió una risa siniestra.

'Seguro entiendes que no va a ser tan fácil como eso'.

El miedo se disparó a través del cuerpo de Gina.

Sintió como una cálida orina comenzaba a gotear por el interior de sus piernas.

Ella no quería morir esta noche.

El hombre la agarró del brazo con su mano enguantada en cuero y la llevó al baño.

Él cerró la puerta detrás de ellos y se volvió para mirarla.

Gina retrocedió a un rincón cuando vio su rostro.

No había esperado que fuera uno de los rostros más hermosos que jamás había visto, pero fue la profunda cicatriz que corría por un lado de su mejilla lo que más la sorprendió.

Y su cuerpo parecía hecho para matar, con unos hombros de campeón de boxeo y que podría romper un cuello por la mitad.

Él era un monstruo.

La miró de arriba abajo con unos duros ojos azules.

'¿Quién sabe que estás aquí?'

'¡Nadie! Por favor, puedes dejarme ir y escapar. Te aseguro que no le diré a la policía'.

Se acercó a ella en un paso lento y depredador.

'Es demasiado tarde para eso. Ya has visto mi cara'.

'Prometo que no lo contaré. Por favor, ni me preocupas tú ni John, solo quiero ir a casa. No quiero morir". Gina estalló en lágrimas.

El hombre puso una mano enguantada sobre su hombro desnudo y se acercó amenazadoramente a su rostro.

Gina sintió que el aire cálido de su nariz le rozaba las mejillas.

'Ya, ya, ya', ronroneó. '¿Por qué arruinar esta cara bonita?'

Pasó un largo dedo por la mejilla surcada de lágrimas de Gina.

Todo el cuerpo de Gina se convirtió en hielo cuando sintió su toque.

Había algo extremadamente conflictivo sobre la atracción que sentía por el cuerpo de este hombre y el miedo que sentía al ser inmovilizada contra la pared por alguien que sabía que podía matarla fácilmente.

Él se inclinó más de cerca y pasó su áspera lengua por su rostro, haciendo que ella sintiera como un escalofrío recorría a través de su piel.

Ella no esperaba lo que vendría después.

La mano enguantada del hombre se deslizó debajo de su falda, mientras sus largos dedos tanteaban a sus labios expuestos.

'Niña traviesa', dijo ante su inesperado descubrimiento.

'Por favor ... oh'

El hombre se había quitado el guante y un dedo largo y carnoso estaba ahora dentro de ella.

Encontró el clítoris de Gina sin problemas y lo masajeó, creando un calor que comenzó a extenderse dentro de ella.

Pasó la lengua por los firmes contornos del cuello de Gina al mismo tiempo.

Gina se volvió y vio su reflejo en el espejo sobre el fregadero.

Y vio también a esta alta y extraña bestia que se hunde en su cuello como un vampiro, con la hoja del cuchillo en su mano libre destellando por la luz del halógeno como una advertencia.

Ella no se atrevió a moverse por temor a que él usara su punta afilada contra ella.

El hombre se apartó y recorrió su cuerpo con la mirada.

Había una profunda excitación en ellos como si él pudiera ver su cuerpo desnudo a través de la ropa.

Él deslizó su bolso de su hombro y lo dejó caer en el suelo, mientras un tubo de lápiz labial y unas bragas rojas se derramaban sobre las baldosas.

Él agarró uno de sus pechos a través de su chaleco ajustado a la piel y lo apretó suavemente, luego pasó el dedo por el pezón cuando se puso firme.

Ella era masilla en sus manos.

'¿Qué vas a hacer conmigo?' Preguntó ella.

'Ya que estamos solos y tenemos el lugar listo solo para nosotros, te voy a dar lo que ese tipo de ahí nunca te habrá dado'.

Oh, Dios, pensó Gina. Eso no.

Sintiendo su miedo, el hombre sonrió.

'No te preocupes. Una vez que me experimentes en tu coño estarás contenta de que el otro esté muerto.

El hombre tenía razón sobre que estaban solos.

Sin vecinos cerca, cualquier grito de ayuda daría resultados infructuosos.

Si ... si ella accedía, hacía lo que dijo el hombre, podría salir viva de la casa.

Con todas las demás probabilidades apiladas en contra de ella, ¿qué otra opción tenía ella aparte de realizar el mejor juego de rol de su vida?

Así que tomó una decisión.

Ella iba a hacer la mejor actuación de su vida.

Y si fracasaba, ella tenía un plan de respaldo.

"Quítate eso", gruñó el hombre, apuntando con la cabeza hacia su chaleco.

Gina hizo lo que él dijo.

Cuando el chaleco se deslizó sobre su cabeza, ella sacudió su cabello y le clavó sus ojos en el cuerpo.

"Quiero que tú también te desnudes", dijo.

El hombre dejó escapar una risa burlona.

'No me vas a decir qué hacer. Y no soy tan estúpido como pareces creer. Tírala hacia abajo.' Él señaló con la cabeza hacia la falda de Gina.

Ella se desabotonó la falda y la dejó caer por sus piernas, luego la pateó hacia él con su tacón.

Ella estaba allí delante de él en tacones y sujetador, y con afeitados labios vaginales expuestos al aire fresco del baño.

Levantó sus ojos azules rodeados de rímel a la mirada penetrante de su captor.

"Que dulce y hermosa", dijo, aspirando aire a través de sus fosas nasales. 'Date la vuelta.'

Gina se dio la vuelta y miró hacia la pared de azulejos.

A través del reflejo del espejo, ella observó cómo el hombre se inclinaba y acariciaba su entrepierna mientras estudiaba su trasero.

El gran bulto que vio que sobresalía en sus pantalones le hizo saber que estaba bien dotado.

Él hizo que se ella inclinara hacia adelante, la agarró por las caderas y llevó su entrepierna hacia ella.

El bulto duro y gordo ahora le estaba presionado la hendidura de sus nalgas.

Su mano desnuda le tocó el culo y la empujó hacia delante, con el cuchillo aun firmemente agarrado en la otro.

Gina lo observó mientras lo colocaba en el mostrador junto al lavabo y comenzaba a desabotonarse los pantalones.

Ella miró el cuchillo, luchando contra el impulso de agarrarlo.

Pero ella sabía que no podía ser tan estúpida; con su tamaño, el hombre dominaría su pequeño cuerpo de metro y medio en segundos. Aun así, fue tentador ... muy tentador.

Sus pantalones negros cayeron al piso revelando un par de boxers también negros sobre unos enormes y musculosos muslos.

Su erección se alzaba hacia el dobladillo, hinchada y enorme.

Gina se tragó el jadeo que casi escapó de su boca.

¿Cómo iba a poder meterse todo eso?

La gran polla estaba tensa contra la tela apretada de sus calzoncillos, ansiosa por salir.

Cuando el hombre se los bajó, la gran cabeza morada cayó sobre las mejillas de Gina.

El grueso y muy venoso miembro tenía al menos veinticinco centímetros de largo.

El asesino era un Adonis sexual.

Él le agarró la cadera con la mano que aún tenía enguantada y tomó su verga con la otra, guiándola hacia los labios vaginales de Gina.

Cuando sintió el cálido y suave pollón entre sus labios, Gina jadeó.

Y cuando se la metió en el interior, sus rodillas casi se doblaron.

El pene se introdujo a una profundidad audaz, palpitando con excitación dentro de su vagina húmeda y caliente.

Golpeó un área dentro de Gina que nunca había sido penetrada antes, y su clítoris traicionero comenzó a bombear con excitación, la humedad se fue acumulando en sus labios y paredes para acomodar a esta nueva y excitante llegada.

El hombre comenzó a empujar, sus fuertes caderas pudieron forzar la dureza de las paredes internas de Gina a una velocidad extraordinaria.

Se sintió increíble.

Ella se agarró al borde del mostrador del lavabo mientras él continuaba penetrando sus húmedos labios vaginales, sus bolas golpeándose contra ella.

Se quitó el otro guante y con sus grandes y sorprendentemente suaves manos recorrieron su espina dorsal y le abrieron el sujetador.

Éste cayó al suelo de baldosas, liberando sus pechos.

Ahora ya solo llevaba puestos sus tacones cuando la enorme bestia la golpeaba desde atrás.

Gina sintió que él se retiraba, su coño obteniendo un instante de alivio momentáneo.

Pero no pasó mucho tiempo antes de que su pene estuviera dentro de ella otra vez, pero esta vez hacia su culo.

La enorme polla del asesino penetró los apretados pliegues del ano de Gina, enviando un dolor agudo hacia ella que la atravesó.

Por un momento, pensó que no sería capaz de soportar el dolor, con los músculos apretados para expulsar este objeto extraño, pero luego se relajaron cuando el dolor comenzó a convertirse en placer.

Gina había recibido sexo anal antes, pero no de un falo tan grande como este.

El placer que la invadía ahora no era comparable a nada que hubiera sentido antes.

Tenía que recordarse a sí misma dónde estaba.

En la casa de John siendo follada por un hombre que acababa de matarlo.

El cadáver muerto, y ya algo frío, de John yacía a unos metros de distancia en la otra habitación como una horrible efigie de su yo anterior.

Gina sabía que nunca sería capaz de borrar esa imagen de su memoria, sin importar cuánto lo hubiera despreciado.

Y borraría el odio que sentía hacia él si con eso él pudiera volver vivo y la pudiera ayudar ahora.

Pero hay algo extraño en lo que sucede cuando te enfrentas a una amenaza de muerte y Gina lo estaba experimentado por primera vez en este baño en el que ahora estaba cautiva.

Un instinto toma el control, tan primario que ya no lo sientes como un instinto animal.

Y sabes que harás cualquier cosa para sobrevivir.

CAPÍTULO IV

El hombre golpeó su culo con embestidas furiosas, la saliva se derramaba fuera de su boca, su atractivo rostro enrojecido y excitado.

Los sonidos bajos y guturales que estaba haciendo le avisaron a Gina que estaba por correrse.

Ella agarró el borde del mostrador con fuerza.

Las puntas de sus dedos se volvieron blancas mientras se sostenía.

'Joder,' el hombre gimió.

'Me voy a correr'.

Y lo hizo, y un pesado suspiro salió su boca, cerró los ojos y arqueó la cabeza hacia atrás ...

Y Gina aprovechó su oportunidad.

Soltó el mostrador y agarró el cuchillo.

Con un barrido ciego y contundente de su brazo lo hundió en el cuello de su abusador.

Ella saltó y presionó su espalda contra la pared, las baldosas frías contra su espalda empapada de sudor.

Con los ojos muy abiertos por el miedo y la preocupación, Gina vio que el hombre estaba parado en una postura estática, ahogándose mientras sus grandes ojos la miraban.

El cuchillo sobresalía de su grueso y brillante cuello, y la sangre rojo oscuro se filtraba por el cuello de su abrigo negro.

Su polla estaba aún erguida, con un rastro brillante de esperma colgando de la punta.

Sus ojos aturdidos permanecieron fijos en los de Gina cuando su boca se abrió y la sangre se derramó sobre su labio inferior.

Se las arregló para gorgotear la palabra 'Perra' antes de colapsar hacia atrás y estrellarse contra la puerta.

Gina lo miró por un momento, su pecho subiendo y bajando, antes de dejar escapar una risa enloquecida. Su plan había funcionado.

Primera vez. Ella lo había visto por el espejo cerrar los ojos mientras eyaculaba, así que se deleitó con el hecho de que había hecho el ataque mucho más fácil.

Ella agarró su ropa y rápidamente se vistió, esta vez volviéndose a poner las bragas.

Agarró su bolso y pateó a su atacante con la punta afilada de su tacón. Entonces ella escupió en su cara.

'¡Eso es por llamarme puta, hijo de perra!'

Empujó el cuerpo hacia atrás para poder abrir la puerta.

La parte posterior de su cráneo golpeó la alfombra con un ruido sordo cuando abrió la puerta.

Ella caminó de puntillas sobre el cuerpo empapado de sangre y entró en el dormitorio.

Ella miró el cuerpo de John en la cama.

Sangre en el piso.

Sangre en la cama.

La muerte dondequiera que mirara.

Era demasiado.

Gina salió corriendo de la habitación y bajó por la escalera de caracol tan rápido como sus tacones podían llevarla, con triángulos carmesí manchando el suelo a su paso.

Al pie de la escalera se detuvo, se enjugó las lágrimas y controló sus pensamientos.

Este estilo de vida lo había arruinado todo para ella.

La había hecho miserable y cínica con los hombres.

Había reorganizado su moral.

Y ese bastardo muerto y gordo era uno de los peores con sus modos corruptos y fantasías sórdidas.

Era un modelo en la sociedad, pero extendió e infectó con sus maneras corruptas todo lo que tocaba.

Incluyéndola a ella.

Le había convertido en algo que ella no era.

Y ahora la había convertido en una asesina.

Ella había matado en defensa propia y el mierda que yacía en un charco de su propia sangre se merecía todo lo que le había pasado.

Pero ella sabía que nunca iba a olvidar.

Cómo la había maltratado como si no fuera más que una sucia puta, y cómo su cuerpo la había traicionado respondiendo con placer al contacto de sus sucias y asesinas manos.

¿Cuántas vidas de otras jóvenes deben haber arruinado estos dos?

¿Y cuánto seguían sufriendo esas chicas?

Yo ya no voy a sufrir más, pensó Gina.

Subió corriendo las escaleras y entró en el dormitorio.

La visión de los dos cadáveres muertos la hizo que le entraran ganas de vomitar, pero se tragó las náuseas con un codazo y se acercó a la cama.

La cara de John era una máscara de horror, su boca negra y abierta como un pez, los ojos congelados por el terror.

Gina desvió la mirada y buscó el brazalete de oro alrededor de su rechoncha muñeca.

Había un relicario rectangular delgado que unía la cadena.

Ella lo abrió y leyó el número que estaba adentro: 47689.

Repitiendo el número en su cabeza como un mantra, ella cerró el relicario y metió la mano dentro de su bolso.

Sacó un pañuelo y limpió las huellas dactilares del guardapelo.

Dirigió a John una última mirada desdeñosa antes de volverse y correr escaleras abajo.

Corrió por el pasillo hasta que llegó al estudio de John y abrió la puerta.

Examinó la habitación hasta que sus ojos se posaron en lo que había venido a buscar.

La caja fuerte de John.

                    ERIKA SANDERS

Había alardeado sobre su contenido en una de las visitas de Gina y ella había exigido saber qué había dentro.

"Bellas joyas", había dicho con una sonrisa arrogante.

"Vale más que toda esta casa".

Luego golpeó la cadena en su muñeca y se llevó el dedo a los labios. "Shh".

Gina caminó hacia la caja fuerte en la pared y marcó la combinación.

La caja fuerte hizo clic indicando que se podía abrir.

Ella abrió la puerta de acero y miró dentro.

Sobre un montón de sobres marrones había un joyero rojo aterciopelado.

Gina sintió un nudo en el estómago.

Ella lo abrió para encontrarse con el collar de diamantes más increíble que había visto, con sus piedras bellamente elaboradas brillando con efecto cinemático.

"Vale más que esta casa entera", susurró a sí misma.

Lo suficiente como para liquidar todas sus deudas y algo más.

Con el corazón latiendo dentro de su pecho, cerró la tapa y guardó el joyero dentro de su bolso.

Luego ella cerró la caja fuerte y frotó el pañuelo sus posibles huellas.

Salió apresuradamente del estudio y bajó por el pasillo hacia la puerta principal, comprobando que sus tacones no habían dejado ninguna huella incriminatoria suya en sus tablas brillantes.

Suyas no.

Ella abrió la puerta de la casa.

El aire fresco y suave golpeó sus mejillas mientras ella se adentraba en la noche y la carga de la presencia en la casa se fue instantáneamente de sus hombros.

Libre por fin, ella corrió por el camino de grava y saltó dentro de su automóvil, lanzando su bolsa en el asiento del pasajero.

Ella dejó caer la cabeza sobre el volante y dejó escapar un grito grave y gutural.

Exhausta y agotada, buscó dentro de su bolso y sacó su teléfono. Ella marcó el 911.

"Policía, por favor, acabo de matar a un hombre".

FIN